The Masquerade.

LES

GLANES

F. Poole. C. Heath.

ALBUM.

LES

GLANES

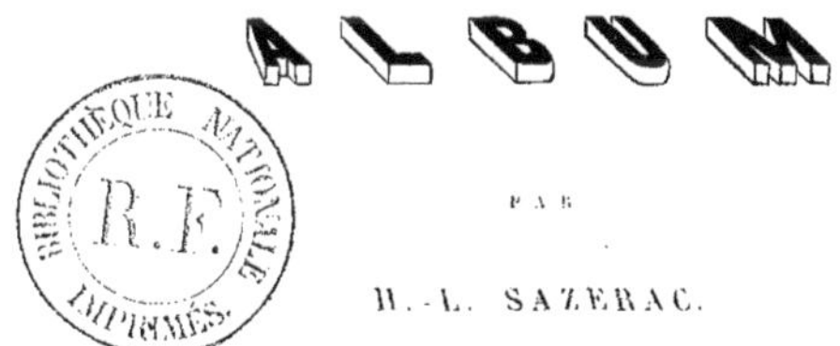

PAR

H.-L. SAZERAC.

H. MANDEVILLE, LIBRAIRE-ÉDITEUR, 42, RUE VIVIENNE, A PARIS

Et chez les principaux Libraires de la France et de l'Étranger.

1849

Typographie Félix Malteste et Cie, rue des Deux-Portes-Sauveur, 18.

LA GLANEUSE.

Dans la plaine jaunie on voit, sous la faucille,
Tomber, de toutes parts, d'abondantes moissons,
Parmi les travailleurs joie innocente brille,
L'espoir de jours heureux anime leurs chansons.
L'un abat les épis, l'autre les dresse en gerbe,
Et leurs joyeux enfans, fillettes et garçons,
Naïfs et charmans polissons,
Dans leurs jeux se roulent sur l'herbe.

De la fauvette un chant d'amour
Éveille, dans leur nid, les échos d'alentour.
Enivré des parfums du lys et de la rose,
L'insecte butinant sur les fleurs se repose.....
Tout est paix et bonheur, tout est beau dans ce jour!
Plus suave et plus pur est l'air que l'on respire:
On dirait qu'en nos champs, reprenant son empire,
Au front calme et riant, vient l'aimable âge d'or,
Nous convier à nous aimer encor!

Mais dans la plaine moissonnée
Quelle est la jeune enfant qui se tient à l'écart?
Son air est humble et tendre, et triste est son regard.
Sous le chaume elle n'est point née.
Des cils longs et soyeux voilent son œil d'azur,
Sa blonde chevelure inonde son visage,
Et l'éclat de son teint est si frais et si pur,
Que du hâle il n'a dû jamais sentir l'outrage.

Ses élégantes mains et ses pieds délicats,
Laissant à peine au sol la trace de ses pas;
La céleste candeur qui dans son regard brille,
Et la mélancolie empreinte sur ses traits,
Reflétant de son âme, hélas! quelques regrets,
Tout dit qu'elle appartient à plus noble famille
Que celles des enfans dont les folâtres jeux
Amènent des pleurs dans ses yeux.

Mais de ces pleurs bientôt la trace est effacée.
Détourne de ton cœur une amère pensée;
Bel ange, calme toi. Les bontés du Seigneur
Ne te réservent point l'avenir sans bonheur!

Tes parens, autrefois, ont connu la richesse,
Mais le destin jaloux un jour les a frappés!
Et dans tous leurs projets et déçus et trompés,
Maintenant l'indigence et les courbe et les presse.
D'ingrats amis, d'eux seuls constamment occupés,
Restent indifférens à leur longue détresse!...
Qu'importe, noble enfant! A consoler leur cœur,
Depuis douze printemps, le ciel t'a destinée,
A leur amour il t'a donnée!

Et, moins pesant est leur malheur.
Tes chers embrassemens sont pour eux pleins de charmes,
Ta parole en leurs yeux retient souvent les larmes,
Et lorsque sur son sein ta mère en son transport,
Te presse avec amour, elle bénit son sort!

Vas, Dieu te conduira; vas, glane, glane, glane!
Que ton cœur fervent s'ouvre à la joie, à l'espoir;
Et du butin du jour vas reporter ce soir,
Les blonds trésors dans ta cabane.....

A la jeune glaneuse attachée à vos pas,
Laissez, bons moissonneurs, tributs pour sa corbeille,
Dieu, qui sur ses enfans en père toujours veille,
Dans ses dons, à son tour, ne vous oubliera pas!

LES INCONVÉNIENS DE L'ESPRIT.

Si vous voulez vous conserver la protection d'un grand, ou lui plaire, lorsque vous êtes attaché à son service, ayez l'art de cacher la supériorité d'esprit que vous pouvez avoir.

On raconte qu'un roi de Portugal, voulant écrire au Pape, dit à un de ses favoris d'écrire de son côté, tandis qu'il écrirait du sien, et que la dépêche qui se trouverait la meilleure serait envoyée. Les deux lettres achevées, le roi ne put se dissimuler que la sienne était de beaucoup inférieure à celle du courtisan : il le lui dit. L'intelligent Portugais répondit au compliment royal par une profonde révérence, et courut aussitôt prendre congé de son ami le plus sûr. « Il n'y a plus rien à faire pour moi à » la cour, lui dit-il, le roi sait que j'ai plus d'esprit que lui ! »

Pour réussir dans le monde et y faire son chemin sans éveiller les jalousies et les haines, il faut n'avoir ni vices, ni vertus, ne montrer aucun caractère, ne pas affecter d'opinion arrêtée, et ne laisser voir que des lumières fort courtes; c'est le plus sûr moyen de captiver la bienveillance des hommes. L'esprit suscite mille difficultés, la médiocrité les applanit toutes!

UNE HEURE DE BAL MASQUÉ.

Voici le bal où la mère imprudente
Conduit sa fille à seize ans, innocente....
La jeune vierge ignore encor ses sens....
Le vice impur la presse, l'environne
Et la salit de ses rauques accens.
Elle s'émeut, et bientôt sa couronne
S'effeuille, hélas! sur son front virginal,
Voici le bal!

On remarquait à la cour de Joséphine deux jeunes filles d'une ravissante beauté, Sabine et Coralie de G***. Filles de deux frères, elles avaient perdu leur mère dès le berceau. MM. de G***, d'origine créole, remirent à leur sœur, qui habitait Paris, le soin de faire élever leurs enfans. Madame de la B*** possédait toutes les qualités qui font les cœurs généreux et tendres; mais elle était vive, légère, inconséquente même, comme le sont, en général, les femmes créoles. L'éducation de ses nièces se ressentit des dispositions de son naturel frivole, de son goût pour le bruit et le monde.

Dès sa jeunesse, liée à Madame de Beauharnais, elle avait été l'objet constant de l'affection de celle-ci. Quand Marie-Joséphine de la Pagerie ceignit la couronne impériale, elle conserva le même attachement pour Madame de la B***, et se déclara, à partir de ce jour, la protectrice, l'amie, la mère de Sabine et de Coralie; elle les appela immédiatement près d'elle, et les admit dans sa plus tendre intimité.

Jeunes, belles, spirituelles, les deux cousines n'étaient point riches; mais l'impératrice les protégeait, et déjà vingt rivaux prétendaient à leur main. L'empereur, qui volontiers aimait ce que Joséphine aimait, ayant trouvé d'ailleurs dans MM. de G***, tous deux morts au service de la France, des hommes d'un noble caractère, avait promis de s'occuper de la fortune et de l'avenir des jeunes orphelines.

L'empereur ne promettait rien qu'il ne le voulût tenir. Sabine et Coralie touchaient à leur dix-huitième année. Napoléon, d'accord avec Joséphine, crut qu'il était temps de s'occuper du mariage de leurs belles pupilles. Celles-ci furent appelées à désigner, parmi les vingt concurrens qui aspiraient à l'honneur d'être leurs époux, ceux qui avaient le plus particulièrement touché leur cœur : leur choix s'arrêta sur deux officiers qui, par leur bravoure et leur dévoûment, s'étaient vite avancés dans la confiance et l'estime de l'empereur.

On était arrivé à cette époque de l'année où le carnaval, souverain de qui la royauté ne fut inconnue ni à la Grece élégante, ni à la Rome païenne et chrétienne, ni même à la religieuse Egypte, tenait sa cour plénière à Paris. Les bals de l'Opéra jouissaient alors d'une réputation qui s'est tout à fait évanouie de nos jours. Les folies aimables, les intrigues vives et compliquées, les lazzis de bon ton, les toilettes de bon goût, y appelaient toutes les classes élevées de la société. La cour napoléonienne semblait avoir, sous ce rapport, hérité des us et coutumes de la monarchie capétienne.

Madame de la B***, qui se rappelait avec un ineffable plaisir les magnificences, les aventures que, dans ses jeunes années, elle avait rencontrées dans ces bals, à la suite desquels le comte d'Artois et le duc de Bourbon tiraient l'épée pour un masque arraché par l'imprudente main du premier [1];

[1] Il avait, au bal de l'Opéra, arraché le masque de la duchesse de Bourbon.

Madame de la B***, disons-nous, mêlait à ses rians souvenirs quelques tendres regrets. Toutes les fois qu'il était question des bals de l'Opéra, elle s'en faisait raconter avec bonheur les incidens burlesques ou scandaleux; elle prêtait à ces détails une oreille attentive, et Sabine et Coralie partageaient involontairement sa curiosité. Tous ces récits et les revues rétrospectives de la bonne tante avaient fait naître dans l'âme des jeunes filles le vif désir de voir de leurs yeux ce spectacle étrange, fou, merveilleux dont elles avaient entendu si souvent parler!...

On était donc, comme déjà nous l'avons dit, arrivé aux journées d'un carnaval brillant et animé. Les bals parés, déguisés, masqués, se succédaient avec un admirable enchantement. Les mascarades grotesques, épigrammatiques, spirituelles, couraient les rues, sans que la police fût réduite à en faire les frais, comme cela s'est vu plus tard. Les bals de l'Opéra tenaient une haute place au milieu de ces charmantes folies carnavalesques. Les duchesses de l'empire, les marquises de l'ancien régime, les peu cruelles femmes des fournisseurs de l'armée, les officiers en congé, les auditeurs au Conseil d'État, la magistrature même, malgré sa gravité native, s'y donnaient rendez-vous, et à ces rendez-vous jamais les conviés ne faisaient défaut.

Cependant, en ce temps-là une sorte de sévérité commençait à s'introduire dans les mœurs françaises. Les licences de la régence, dont quelques gentilshommes de la cour du bon roi Louis XVI (le plus honnête homme de son royaume) avaient retenu les traditions, les orgies dégoûtantes des sans-culottes et du Directoire étaient passées de mode. Chacun semblait comprendre, enfin, que le scandale et le cynisme éhonté ne sont pas faits pour une société honnête et éclairée. La cour donc s'imposait une règle de conduite qu'on n'avait pas toujours pratiquée aux Tuileries, à Versailles, ni même à Trianon. Napoléon se montrait l'ennemi déclaré de tout oubli de cette décence, de cette pudeur dont les femmes doivent toujours s'entourer pour garder pure leur réputation d'épouse, de mère, de jeune fille.

Toutefois, si le bal de l'Opéra était fréquenté par les femmes de ces généraux, par celles des financiers et des législateurs, il n'y trouvait pas grand mal, et si de ces excursions nocturnes il résultait quelques légères escarmouches amoureuses, peut-être en riait-il le premier; mais il était moins indulgent pour les *demoiselles*. Une fille de bonne maison qui se serait alors hasardée à paraître au bal de l'Opéra, et qui y eût été reconnue se fût compromise à tout jamais. Les nobles salons de Paris, et Napoléon tout le premier, l'eussent hautement condamnée; elle n'eût trouvé d'alliance possible qu'avec quelque vieillard riche et débauché.

Depuis longtemps, on ne s'occupait dans les cercles du monde élégant que d'un bal que préparait le comte de Mareschalchi (1). Ce bal devait être à la fois paré, déguisé et masqué. On savait que l'impératrice, les princesses sœurs de l'empereur, et les dames et les officiers de leur suite s'y présenteraient dans tout l'éclat pittoresque des costumes de l'Orient. On disait aussi, mais bien bas, car le maître voulait qu'on fût discret sur tous ses desseins, que l'empereur avait l'intention de venir masqué à cette fête, avec vingt de ses plus dévoués serviteurs, qu'exprès il avait choisis de sa taille, et dont les masques et les dominos ne devaient différer en rien de son domino ni de son masque. On attendait de cette uniformité de déguisement plus d'un quiproquo singulier, plus d'une bouffonne méprise. Tout Paris, pendant une semaine, avait assiégé de visites et de billets parfumés l'honnête M. de Mareschalchi pour obtenir des invitations; mais cette faveur n'était échue qu'à l'aristocratie napoléonnienne, et après celle-ci à l'aristocratie bourbonnienne.

Or donc, le lundi-gras étant venu, l'élite de Paris, déguisée, parée, masquée, envahit les salons de l'hôtel de Mareschalchi, que vous pouvez reconnaître encore sur la voie des Champs-Élysées, à l'angle de la rue qui se nommait alors rue de l'*Union*, qui s'est appelée depuis rue d'*Angoulême*, et que la dernière République a peut-être baptisée d'un autre nom.

La fête fut splendide, énivrante.

Sabine et Coralie, sous des basquines de velours de soie, sorties des ateliers de Leroy (2), y fixèrent tous les regards. Elles éclipsèrent, par leur beauté,

(1) Ministre des relations extérieures du royaume d'Italie.
(2) Fameux marchand de modes de la cour.

toutes les beautés du bal ; par la grâce de leur danse, toutes les grâces dansantes des quadrilles. L'impératrice s'étant retirée du bal d'assez bonne heure, permit aux jeunes filles d'y rester, sous la surveillance de Madame de la B***, leur tante.

L'empereur ne tarda pas à suivre l'impératrice. Mais, aussitôt, un bruit circula parmi les hôtes du magnifique comte italien ; d'oreille en oreille, on allait disant : « L'empereur, sous un déguisement nouveau, va, avec ses officiers, en sortant de l'hôtel, au bal de l'Opéra. » Tout le monde se laissa prendre à cette nouvelle, et chacun de s'empresser de faire appeler ses gens, sa voiture, et de gagner la rue de la Loi [1], où était alors l'Opéra.

Madame de la B*** ne voulut pas être la dernière à marcher vers l'Académie impériale de musique, où la foule se portait, et il ne fut pas difficile aux deux jeunes filles d'obtenir d'elle qu'elles l'accompagneraient.

C'était un spectacle magique, que celui qui s'offrait pour la première fois à leurs yeux éblouis. Des groupes nombreux, animés, pittoresques, ajoutaient d'admirables effets à la pompe grave et majestueuse de la salle. Le bruit harmonieux des instrumens, les resplendissantes clartés de cent lustres, les parfums qui s'exhalaient de toutes parts, une atmosphère tiède, énivrante, jetaient un trouble inconnu dans les sens des jeunes filles. S'étant ouvert un passage au milieu des flots qui se pressaient autour d'elles, elles furent accueillies par des acclamations bruyantes et flatteuses qui trahissaient une admiration universelle. Bien qu'un loup de velours noir cachât leur charmant visage, on pressentait leur exquise beauté à la pureté des lignes de leur taille frêle et svelte, au mouvement gracieux de leur tête, à la cambrure, à la finesse remarquable de leur pied.

Pendant quelques instans, avec l'assentiment de leur tante, dont l'obésité précoce s'accommodait peu des heurts qu'elle rencontrait sur sa route, elles errèrent, seules, dans les sinuosités inextricables de l'assemblée. Le hasard leur fit rencontrer un vieux Lovelace de la cour impériale qui, après avoir troqué sa couronne de marquis contre une toque de *baron de l'empire*,

[1] Aujourd'hui rue Richelieu.

figurait parmi les chambellans les plus humbles de Napoléon. Protégées par leurs masques, les jeunes cousines s'attachèrent à ses pas, et, par mille espiègleries affolantes, lui firent presque perdre le peu de bon sens qui lui restait. Après cette petite lutinerie, elles regagnèrent en toute hâte la loge où les attendait Madame de la B***. Cependant, le vieux marquis les avait suivies, et il savait, enfin, à qui il venait d'avoir affaire. La discrétion n'était pas sa vertu. Tout le faubourg Saint-Germain, peu favorable à la cour de Joséphine, accueillit avec transport ses révélations, ses réticences impertinentes, et dès le lendemain, Mesdemoiselles de G*** furent déshonorées par les infâmes propos d'une société lâche, implacable et corrompue. Le scandale arriva bientôt à l'oreille de l'empereur; il s'en alarma; il voulut avoir une explication; elle lui fut donnée avec des sanglots par les innocentes coupables. A cet aveu, il eut des paroles amères pour Madame de la B***. Son sourcil se fronça; mais quand il arrêta ses regards sur les regards désolés des deux victimes qui attendaient de lui leur sentence, il sentit son cœur s'amollir, une larme mouiller sa paupière, et il ne laissa échapper que ces mots : « Vous auriez été si heureuses avec les époux que vous aviez choisis. »

Il n'y avait donc plus de mariage, plus de bonheur à espérer!! Sabine et Coralie le comprirent à ces paroles de leur auguste bienfaiteur. Malgré les tendres consolations que leur prodigua Joséphine, suffoquées par les larmes, elles s'éloignèrent aussitôt de ses appartemens.

Le lendemain, une lettre de Madame de la B*** apprenait à l'impératrice qu'elle avait quitté Paris la veille avec ses deux nièces. Elle n'indiquait point le lieu de sa retraite, et l'on fit pendant longtemps de vaines recherches pour arriver à la découvrir.....

Cependant, l'impératrice apprit que Madame de la B*** s'était retirée dans une maison d'hospitalières, dont une de ses cousines était la supérieure. Elle voulut rappeler auprès d'elle les deux jeunes filles dont elle avait conservé le plus aimable souvenir; mais elle rencontra de la part de l'Empereur une opposition qu'elle n'attendait pas. Elle dut, dès-lors, se borner à entretenir un commerce de lettres, avec son ancienne amie, qui lui parlait toujours avec une extrême réserve de Sabine et de Coralie : seulement, elle lui disait quelquefois qu'elles partageaient avec ardeur les soins que les hospitalières donnaient aux pauvres et aux malades, et qu'elles n'avaient pas de plus grand plaisir que d'instruire de jeunes enfans auxquelles une école venait d'être ouverte près de l'hôpital.

En 1832, lorsque le choléra sévissait dans toute sa violence contre la population parisienne, on rencontrait, chaque jour, deux sœurs de Saint-Vincent-de-Paul frappant à toutes les portes où il y avait des malades à secourir; elles s'appelaient Marthe et Marie. Ces deux femmes semblaient se multiplier pour consoler toutes les douleurs, pour adoucir tous les maux, pour alléger toutes les misères. Les moribonds, les mourans sentaient leur cœur, peut-être longtemps endurci par le contact d'une société sceptique, s'ouvrir à la foi, à l'espérance, sous leur parole éloquente et douce; les veuves trouvaient en elles des sœurs, des amies; les orphelins des mères; les vieillards, que la mort de leurs enfans laissait sans appui, sans famille, croyaient que Dieu leur rendait, dans sœur Marthe et dans sœur Marie, des filles bien-aimées. Mille bénédictions accompagnaient partout les pas des deux anges. La mansarde éplorée se réjouissait à leur approche; il semblait, quand elles y entraient, qu'un rayon céleste l'inondât de sa consolante lumière. Le palais les attendait, car la maison du pauvre était visitée par elles avant celle du riche. Quand on jetait leur nom à la femme qui se tordait sur son lit aux courtines de velours, la malade se sentait mieux et plus tranquille; et quand leur main pressait affectueusement la sienne, elle se trouvait plus forte, plus résignée..... Si la mort venait enfin, les pieuses larmes qui coulaient sur son front lui rendaient la mort moins cruelle; elle fermait les yeux et bénissait Dieu.

Pendant plus d'un mois, ces deux servantes du Seigneur avaient accompli leur mission périlleuse avec un courage, un zèle, une charité que rien n'avait pu affaiblir. Quand on les engageait à prendre quelque soin de leur santé, car leurs jours étaient sans repos et leurs nuits sans sommeil, elles répondaient seulement : « Dieu le veut! que sa sainte volonté soit faite! » On avait fini par croire que ces femmes, jeunes et belles encore, qui invoquaient avec amour, avec ferveur le nom de Dieu, protégées par lui, n'avaient rien à craindre de l'épidémie qui faisait, chaque jour, de plus nombreuses victimes.

Mais, un soir, on les vit monter ensemble les cinq étages d'une vieille maison de la rue du Temple. Une seule d'elles en redescendit, et celle-là, arrivée au seuil de la porte, pâle, éplorée et chancelante, s'affaissa sur elle-même..... Elle tomba morte sur la dalle. Ces deux charitables filles du Seigneur étaient connues dans Paris, je vous l'ai dit, sous les noms de Marie et de Marthe. Sœur Marthe et sœur Marie s'étaient appelées, vingt ans auparavant, SABINE et CORALIE.

Une vie d'austérités, de prière et de pieux dévoûment avait été l'expiation d'UNE HEURE DE BAL MASQUÉ !

LE DOUBLE ÉCHO,

CHRONIQUE

DES BORDS DU RHIN.

Jadis il était une belle
Dont les yeux noirs et langoureux,
Dérangeaient soudain la cervelle
De tous les mortels malheureux
Qui, portant leurs regards sur elle,
Rencontraient le feu dangereux
Dont s'illuminait sa prunelle.

Or, saurez que la damoiselle
Qui troublait ainsi la raison
De prince, abbé, rustre ou baron.
De Lorelay portait le nom.
Il n'était église ou chapelle
Où n'accourut tout le canton,
Pour voir l'aimable jouvencelle

Quand elle était en oraison ;
Mais vieillard ou jeune garçon,
Dans les yeux de la tourterelle,
D'où sortait magique étincelle,
Buvait d'amour le doux poison.
Les dames de haute maison
Qui, fières de leur vieux blason,
Se comparaient aux immortelles,
En voyant leur triste donjon
Veuf de leurs pages infidèles,
Un certain soir, dirent entr'elles :
« A Lorelay point de pardon !
» Beauté, sans noblesse et sans nom,
» Cette fille ainsi pourrait-elle
» Attirer sous son pavillon,
» Chaque jour conquête nouvelle
» Sans s'être vendue au démon ? »

Cette accusatrice parole
De bouche en bouche, grossit, vole,
Et pénètre dans le saint lieu
Où vivait un homme de Dieu.
C'était évêque à barbe grise,
Lumière et gloire de l'Église.
« Qu'on amène à mon tribunal,
» Dit-il, la beauté dangereuse
» Dont la puissance ténébreuse
» A tous les cœurs fait tant de mal.
» Je n'ai point la cervelle creuse,
» Ni l'âme sensible et peureuse,
» Je dois, sans péril affronter
» De ses yeux noirs le sortilége,

» J'ai dans mon âge un privilége
» Que le diable ne peut m'ôter. »

A ses pieds on conduit la fille ;
Jamais, en aucun autre jour,
Les Grâces et le traître Amour
Ne l'avaient faite si gentille.
Elle vient d'un pas chancelant
Et tombe à genoux en tremblant.
« Mon enfant, lui dit le saint homme,
» Ne craignez rien, rassurez-vous,
» Et sans mentir, dites-moi comme
» Vous pouvez faire tant de fous?
— » Hélas! je ne sais point mon père,
» Réplique-t-elle à demi voix,
» Comment tant de mal se peut faire;
» Pour moi-même c'est un mystère...
» Je doute de ce que je vois! »
A cet endroit elle s'arrête;
Mais elle a d'un profond regard
Fasciné celui du vieillard,
Qui balbutie et perd la tête.

Pour le coup il fut constaté
Que Lorelay tenait du diable
Sa trop affolante beauté.
Il fut aussitôt décrété,
Que dans quelque asile écarté
On enfermerait la coupable,
De qui pouvait la liberté,
Causer dommage irréparable
A la fragile humanité.

Sous nombreuse et vaillante escorte
On la conduit, sans plus tarder,
Vers citadelle sûre et forte,
Qu'aucun ne peut escalader;
Par ordre de l'aréopage
De ses plis un long voile noir
Couvre l'angélique visage,
Qu'on devait tant craindre de voir.

On devisait à l'aventure,
Et chacun, piquant sa monture,
Poursuivait en paix son chemin
Sans songer à l'esprit malin.
Derrière le chef de la troupe,
L'innocente, montée en croupe,
Sentant se troubler sa raison,
Disait tout bas une oraison.....
Mais voilà qu'un éclair sillonne
Le ciel, longtemps calme et serein,
Voilà que la foudre résonne;
Voilà que, furieux, le Rhin
Dans son lit trop étroit, bouillonne,
Et de ses flots tout écumans
Envahit la terre qui tonne
Et s'agite en ses fondemens.

Tandis qu'à l'affreuse tempête,
Qui répand au loin la terreur,
Les braves chevaliers font tête,
Le vent emporte en sa fureur
Le voile de la prisonnière,
Dont le regard fascinateur

Darde sa flamme meurtrière
Sur la troupe immobile entière,
Qui lui livre aussitôt son cœur.

A cette flamme fantastique,
Jeunes et vieux, blonds, noirs et gris,
Que mal d'amour enivre et pique
Sont en moins d'un quart d'heure pris.
Brûlés d'une ardeur frénétique,
Ils sont plus fous, plus étourdis
Que ne le fut Roland, jadis,
Poursuivant l'ingrate Angélique.

Mais avant de marcher plus loin
Dans cette épopée historique,
D'un peu de repos j'ai besoin
Pour traduire, avec plus de soin,
L'esprit de la vieille Chronique.

Maudissant le pouvoir secret
De ses beaux yeux, funestes armes!
Lorelay souvent eut des larmes
Pour ceux de qui l'œil indiscret
Était fasciné par ses charmes;
Mais d'encourager leur amour,
Jamais ne lui vint la pensée;
Jamais leur ardeur insensée
N'obtint d'elle un tendre retour.
Quoique chaste, quoique sévère,
Notre beauté, dans le mystère,
Adorait un jeune garçon
Qui, n'y mettant point de façon,

Prenait peu le soin de lui plaire
Et d'elle ne s'occupait guère.
Sur lui ses yeux, baignés de pleurs,
Ne pouvaient exercer d'empire ;
Cent fois ils avaient dû lui dire
Et son amour et ses douleurs !
Indifférent à son martyre,
Il ne lui rendait que froideurs !...

Or, au plus fort de cet orage
Dont je vous ai tantôt parlé ;
Quand la tempête faisait rage,
Quand le fleuve était tout enflé
Par une puissance inconnue,
Au sommet d'une roche nue
Lorelay, poussée et venue,
Voulut dire un dernier adieu
Aux vallons, aux vertes campagnes,
Aux forêts, aux âpres montagnes
Que l'on découvrait de ce lieu.
En ce moment, d'une voix chère,
Le cri plaintif frappe son cœur !....
Palpitante d'effroi, d'horreur,
Sur le Rhin qui gronde en colère
Et tout submerge en sa fureur,
Son œil s'arrête avec terreur...
Que voit-elle?... — O douleur suprême !
C'est son amant ! l'ingrat qu'elle aime ;
Qui, sans espoir, contre la mort
Lutte dans un dernier effort.
Loin du rivage repoussée
Par la vague qui la poursuit,

Sa barque, bientôt fracassée,
Sur les flots en débris s'enfuit...

Au faîte du roc suspendue,
Lorelay tremblante, éperdue,
N'écoutant que son désespoir,
Que son amour tendre et sublime,
Se précipite dans l'abîme
Qui s'ouvre pour la recevoir.....
Elle revient à la surface,
Et, forte d'un puissant amour,
Resté jusque-là sans retour,
Elle fend le flot qui l'embrasse
Et rejoint expirante, hélas!
Son amant qui lui tend les bras.

Qu'à cette heure il la trouve belle,
Bien que les ombres du trépas,
Déjà, d'une pâleur mortelle
Teignent ses traits si délicats!
« Ma Lorelay, c'est toi que j'aime,
» Dit-il, et je le sens trop tard :
» Pardonne... et que ton doux regard
» M'apprenne, à cette heure suprême,
» Que tu veux être encore à moi!...
— » Oui, je suis, répond-elle, à toi. »
Et sur ses lèvres frémissantes
Laisse à son époux déposer
Un premier... un dernier baiser!
Alors les vagues mugissantes,
Dans leurs plis les pressant tous deux,
De leur hymen serrent les nœuds.

Cependant, les preux du rivage
Avaient vu ce spectacle affreux;
Moins fous qu'ils n'étaient amoureux,
Tous, fendant le fleuve à la nage,
Volent au secours des époux;
Mais impuissant est leur courage:
Sous les flots ils demeurent tous.

Pourtant, avant de disparaître
Dans le Rhin, devenu leur maître,
Près de rendre leur âme à Dieu,
Ils envoyèrent à la belle,
D'une voix lente et solennelle,
De leur amour le dernier vœu.
En cet instant, l'on put entendre
Un cri plaintif, mourant et tendre,
A leur ADIEU, répondre ADIEU.

Depuis, l'écho de ce rivage
Deux fois redit en gémissant,
L'adieu que lui jette en passant
Le batelier du voisinage!...

G. CATTERMOLE.

LA DUÈGNE.

Le 6 janvier 1755, on célébrait dans l'antique cathédrale de Valence, un mariage dont toute la ville s'occupait. Les grands seigneurs le blâmaient; le peuple et la bourgeoisie y applaudissaient.

Don François-Manuel d'Alvarez épousait, à la face de l'Église et des hommes, Inesille Puerto.

Don Manuel comptait une longue suite d'aïeux, et sur son blason, surmonté de la couronne ducale, on pouvait lire la grandeur, l'illustration de sa race. Don Manuel n'était pas seulement un des gentilshommes les plus distingués par la naissance, c'était un jeune seigneur accompli, et qui n'avait point de rival à la cour d'Espagne. A la taille élevée et la mieux prise, à une beauté mâle, il unissait un esprit vif, intelligent et tous les avantages d'une éducation solide et variée; enfin, habile à tous les exercices du corps, il était partout cité pour son élégance, sa grâce, sa courtoisie et sa bravoure. Un seul défaut jetait un peu d'ombre sur tant de qualités; orgueilleux du sang qui coulait dans ses veines, la fierté dégénérait chez lui en impertinence; il avait pour les classes au-dessous de la sienne un profond dédain, et ne le dissimulait pas.

Et cependant, la fiancée qu'il menait, le 6 janvier, à l'autel, était la fille d'Ignace Puerto, simple marchand brocanteur de Valence, qui avait fait, en peu de temps, une fortune colossale dont l'origine était l'objet de certains soupçons peu favorables à sa probité.

La cérémonie religieuse fut magnifique; rien n'y manqua : tout s'y montra digne du noble époux. Cependant, lorsqu'il passa l'anneau nuptial au doigt que lui présenta Inésille, rayonnante de bonheur, un mouvement involontaire crispa les siens; une pâleur soudaine assombrit son front; son regard chercha le ciel, et il sembla qu'il adressait à Dieu une promesse qui n'était pas pour sa jeune et gracieuse épouse.

Depuis bien des années, la maison d'Alvarez avait souffert cruellement dans sa fortune. Ses châteaux tombaient en ruines; ses domaines étaient grevés d'hypothèques, et les énormes revenus que semblait posséder Don Henrique, le père d'Alvarez, étaient presque entièrement engagés. Or, Manuel avait dû vendre sa main à prix d'or, pour reconquérir la splendeur passée de son illustre famille.

Mais avant l'époque dont nous parlons, Alvarez, voyageant dans les deux Castilles, avait été reçu à Tolède avec la plus touchante courtoisie, avec la plus cordiale hospitalité, par un vieux seigneur du nom de Cordova. Celui-ci possédait une fille qui comptait à peine seize années. A toutes les perfections du corps, elle unissait tous les charmes de l'esprit, toutes les qualités de l'âme. Dès la première vue, une tendre sympathie attira l'un vers l'autre les deux jeunes gens. Thérésa, c'était le nom de la fille du comte de Cordova, touchée de l'amour d'Alvarez, le laissa bientôt lire en son cœur. Il reconnut qu'il était aimé, et tous deux se promirent d'être à jamais l'un à l'autre. Ils jouissaient dans un ineffable ravissement du bonheur que leur promettait l'avenir, quand arriva de don Henrique une lettre dans laquelle il ordonnait à son fils de reprendre sans retard la route de Valence.

Mille sermens mêlés de pleurs scellèrent les adieux des deux amans; mille saints gages de leur foi furent échangés entr'eux.

Manuel était à peine de retour à Valence, que don Henrique, ne lui déguisant plus l'état de délabrement de ses affaires, lui fit connaître le dessein où il était de le marier à la fille de Puerto, qui lui apporterait une dot de princesse. Alvarez repoussa avec dégoût, presque avec indignation, les propositions de son père. Le vieux seigneur ne se rebuta point. Plus Alvarez se montra ferme dans sa résolution, plus don Henrique usa de diplomatie pour faire taire les répugnances de son fils. Enfin, pour ébranler ce noble cœur, il eut recours à un lâche mensonge : Il fit parvenir à Alvarez des lettres où l'on avait imité l'écriture du vieux comte de Cordova, et dans lesquelles celui-ci annonçait à des amis qu'il avait à Valence le mariage de sa fille Thérésa. A cette nouvelle, Alvarez, éperdu de désespoir, consentit à tout ce que son père exigea de lui : Il accepta, le cœur brisé, le joug affreux qu'on lui imposait.

Tandis que le malheureux Alvarez immolait ainsi son saint amour aux intérêts matériels de sa maison; tandis qu'il subissait les calculs intéressés de l'égoïsme cruel du vieil Henrique; tandis que, bouffi d'un stupide orgueil, le brocanteur conduisait sa fille au palais des ducs d'Alvarez, remeublé de la veille au moyen des onces d'or dont une partie de la dot d'Inésille se composait, le comte de Talavéra demandait la main de Thérèse et l'obtenait de Cordova; mais quand celui-ci annonça à sa fille les engagemens qu'il venait de prendre sans la consulter, mourante et suffoquée, elle se précipita à ses genoux : Oh! mon père, lui cria-t-elle, oh! mon père, c'est impossible!! Mon cœur ne m'appartient plus; il est à don Manuel d'Alvarez. — Que me dis-tu, malheureuse? reprit le vieux Cordova, en arrêtant sur elle un regard où il y avait plus de pitié et de douleur que de colère. — Oui mon père, don Manuel m'a donné sa foi, et il a reçu la mienne. — Pauvre enfant, reprit le vieillard en la relevant et la pressant entre ses bras; tu voudrais immoler le bonheur, la gloire de ta vie, à un parjure? — Quoi! lui parjure! Oh! vous voulez me tromper! — Tiens, lis, poursuivit Cordova en lui présentant une lettre qu'il avait reçue, la veille, de don Henrique, et dans laquelle ce dernier lui annonçait le mariage de son fils avec l'héritière la plus riche de Valence, dona Inésille *de* Puerto; car il n'en avait rien coûté à don Henrique d'anoblir la fille du brocanteur. Depuis longtemps, prenant en mépris la noblesse sans l'opulence, il avait médité l'œuvre qui venait de s'accomplir, et les piastres de Puerto lui semblaient être cent fois de meilleurs titres que tous ceux des ducs, princes et souverains dont la glorieuse généalogie était écrite sur les lambris de son palais délabré.

Thérésa, privée de sentiment, était tombée aux pieds de son père, avant d'avoir achevé la fatale lettre. Quand elle revint à elle, elle vit à son chevet une femme qui la tenait embrassée et fondait en larmes. C'était Ayonta, sa nourrice ; c'était Ayonta qui lui servait de mère, depuis que le ciel lui avait ravi la sienne ; il y avait de cela quinze ans ! Mais tandis qu'Ayonta pleurait ainsi sur sa jeune maîtresse, elle se promettait en secret de tirer du parjure Alvarez une cruelle et terrible vengeance ! Le sang maure ne bouillait pas impunément dans les veines de la nourrice. Cependant, elle s'efforça, par de douces et pieuses paroles, de calmer le désespoir de Thérésa, et lui promit, sans lui parler du ressentiment profond dont elle était animée contre don Manuel, de travailler à rompre les engagemens que son père avait pris avec le comte de Talavéra.

Cordova respecta pendant quelques jours la douleur de Thérésa ; mais bientôt, la trouvant toujours opposée à sa volonté, les reproches succédèrent aux prières ; et aux reproches, les menaces d'un père irrité ; Thérésa comprit qu'elle ne devait plus conserver d'espérance ! Le comte de Talavéra était le plus grand, le plus riche seigneur des deux Castilles ; Cordova, pauvre autant que l'était don Henrique, voyait dans cette alliance un moyen sûr d'assurer à sa fille un rang considérable, une existence pleine de magnificence et d'éclat : l'amour qu'elle gardait à Manuel ne lui semblait plus qu'une romanesque folie. Ses instances étant devenues plus pressantes, ses ordres plus impérieux, l'infortunée se courba devant l'autorité paternelle : elle promit d'obéir.

En quittant son père, Thérésa, inondée de ses pleurs, courut vers Ayonta : — Mère, lui dit-elle, sauve-moi de l'indigne trahison qu'on m'impose, arrache-moi à la funeste alliance qu'on me prépare. L'heure est venue ! tiens ta promesse ! — Je la tiendrai, ma fille, répondit la nourrice, avec un accent lugubre et farouche, je la tiendrai ! j'en jure par le Dieu de mes pères et par le tien que je prie aujourd'hui. Quoique Thérésa, dans son trouble, ne comprît point toutes les intentions des paroles d'Ayonta, elle en ressentit un secret effroi.

Le reste du jour fut employé par Ayonta à réunir dans un petit coffre, où, depuis vingt années, elle déposait le fruit de ses modiques épargnes, les joyaux de quelque valeur qui appartenaient à sa jeune maîtresse. Vers le milieu de la nuit, quand tout reposa dans la maison de son vieux maître, elle gagna, avec la tremblante Thérésa, un bois voisin, et, par des chemins qu'elle seule connaissait, elle la conduisit à une petite chaumière où vivait, ignoré, un Maure de sa famille. Pendant quelques jours, les deux fugitives restèrent cachées dans cette retraite.

Pour prévenir les recherches de Cordova, Thérésa, au moment d'abandonner le toit paternel, avait laissé sur son prie-dieu le billet que voici :

« Mon père, je vais dans la maison du Seigneur chercher la paix que mon âme a perdue, et implorer le pardon de la faute que je commets aujourd'hui en me dérobant à vos lois. J'avais donné mon cœur à don Manuel, qui n'a pas voulu le garder : il me l'a rendu, et je le remets à Dieu, à qui seul il doit appartenir désormais. Ne maudissez point l'infortunée Thérésa. »

Après être demeurées pendant quelques semaines dans la chaumière du Maure, guidées et protégées par lui, les deux femmes prirent, une nuit, la route de Valence ; l'amour, l'amour malheureux y appelait Thérésa ; la haine et le désir de la vengeance y poussaient l'aveugle Ayonta. Dans les dispositions funestes où elle était, elle oubliait les saintes maximes du culte qu'elle avait embrassé en renonçant à celui de Mahomet. L'injure faite à sa bien-aimée Thérésa ne lui semblait pas être du nombre de celles que le Christ veut qu'on pardonne !

Mais laissons Ayonta se plaindre des lenteurs de la route, tant elle a hâte d'accomplir son projet criminel, et revenons à Valence, dans l'hôtel d'Alvarez.

Don Manuel n'avait pas tardé à reconnaître les imperfections de la nature d'Inésille ; elle était jolie, bien faite, gracieuse même ; mais c'était là tout son mérite. Son esprit était aussi vide que son cœur. Dans ses instincts vulgaires, dans ses goûts sensuels, elle aimait le luxe, la bonne chère, les plaisirs bruyans et presque grossiers. A chaque instant, elle blessait les susceptibilités délicates d'Alvarez; à chaque instant, elle mettait son orgueil aux plus douloureuses épreuves.

Sous sa couronne de duchesse, Inésille était restée l'héritière d'un brocanteur. Toutefois, elle avait cessé ses relations avec les filles des marchands voisins de son père; mais on disait qu'elle avait montré moins de rigueur envers les jeunes commis de celui-ci. Quelques-uns d'entre eux, dont elle avait naguère écouté les propos galans dans la boutique de Puerto, étaient admis, en secret, à les lui faire entendre encore sous les somptueux lambris du palais ducal.

Inésille n'avait point mis assez de mystère dans ses plébéiennes liaisons, pour que quelque œil jaloux ne les eût pas découvertes; pour que quelque langue indiscrète n'en eût point parlé. Des bruits fâcheux parvinrent à l'oreille de don Manuel. Pour éviter le scandale dont il crut son foyer menacé, il prit le parti de se retirer, pour quelque temps, dans un château qu'il possédait dans le voisinage de Valence.

Il habitait, depuis trois mois, cette retraite seigneuriale, lorsque, un jour, une femme maure vint lui offrir ses services : c'était Ayonta. A sa vue, Alvarez sentit une indicible joie descendre dans son âme. Il allait donc trouver quelqu'un avec qui il pourrait parler de Thérésa, que l'imprudente et coquette Inésille ne lui avait pas fait oublier ! Ayonta lui conta qu'elle avait quitté la maison du seigneur Cordova, parce que sa jeune maîtresse l'avait quittée elle-même. En apprenant votre mariage, ajouta-t-elle, Thérésa, au désespoir, s'est retirée dans un cloître, où elle a prononcé des vœux éternels. A ces paroles, où la vérité n'était pas trop rigoureusement respectée, notre tâche d'historien nous fait un devoir de le dire, don Manuel éclata en injures violentes contre la coupable fraude de son père, et laissa deviner, par des paroles de mépris, le peu d'attachement qu'il avait pour Inésille.

Ayonta fit aussitôt partie du personnel de la maison d'Alvarez. Adroite, active, intelligente et surtout DUÈGNE complaisante et discrète, elle gagna, sans beaucoup d'efforts, les bonnes grâces d'Inésille, qui ne tarda pas à lui confier ses secrets les plus intimes.

Un matin, don Manuel reçut d'une main inconnue un message dans lequel on l'informait que le soir même, un amant heureux serait reçu chez sa femme. Une rose, jetée au seuil d'une petite porte du château, serait à la fois, pour l'amant le signal du rendez-vous, et pour l'époux le témoignage de la trahison de sa femme.

A l'heure indiquée par le fatal billet, Alvarez arrivait à la porte mystérieuse, et son regard étincelant de colère y voyait la rose impudique. Se précipiter dans la maison, monter à l'appartement d'Inésille, en briser la porte et se jeter, armé d'un poignard, sur l'épouse adultère et sur son indigne rival, ne fut pour lui que l'affaire d'un moment. Il allait labourer de son poignard impatient le sein nu d'Inésille, quand une jeune fille, crue de race africaine, attachée au service de la duchesse depuis quelques mois seulement, se jeta au-devant du coup et le reçut en pleine poitrine : la pauvre enfant tomba sanglante sur le tapis.

A ce spectacle, saisi d'horreur, Alvarez ne songea qu'à secourir sa victime. Profitant de son trouble, le couple criminel s'échappa en toute hâte; mais que devint l'infortuné Manuel quand, ayant détaché les vêtemens de la jeune fille pour étancher le sang qui jaillissait à flots de sa large blessure, des épaules plus blanches que la neige s'offrirent à ses yeux!..... Alors, saisissant un flambeau, s'étant rapproché du visage de la mourante, il reconnut avec effroi des traits purs et délicats, sous la teinte bistrée qui les salissait. Il sentit en ce moment une main d'une forme exquise chercher la sienne! cette main, il l'avait bien des fois doucement pressée; elle était à cette heure presque glacée, et ne se réchauffait point sous ses baisers et sous ses pleurs. C'était, hélas! Thérésa qu'il avait frappée; c'était Thérésa qu'il appelait avec des sanglots, avec les cris d'un fou furieux, et sa Thérèsa, arrêtant encore une fois sur lui un chaste et doux regard, rendait son âme à Dieu!....

Après avoir fait placer dans les caveaux de sa famille les dépouilles de l'infortunée, Alvarez quitta Valence et n'y revint jamais. Inésille, usée par les désordres d'une vie abjecte, s'y montra plus tard sous les livrées de la misère, mendiant à la porte de l'hôtel où avaient commencé ses fautes, et fuyant la boutique d'où Puerto s'était échappé un matin comme faussaire et banqueroutier frauduleux.

Quant à la malheureuse Ayonta, elle se rappela trop tard que le Seigneur a dit : « A CELUI QUI SE VENGE MA VENGEANCE SERA TERRIBLE ! » L'âme brisée par la douleur et le remords, elle alla frapper à la porte d'un couvent de Carmélites. Cette porte lui fut ouverte et se referma sur elle pour toujours. Dans la pénitence et le deuil, elle trouva bientôt, heureusement pour elle, la fin d'une vie qui lui était devenue odieuse. Sa place fut marquée dans le coin le moins fréquenté du cimetière du couvent.

Durant les guerres que l'Espagne soutint contre la France impériale, le monastère fut incendié, les tombes du cimetière furent mutilées, dispersées.... A la place où était l'enclos mortuaire et béni, est maintenant un champ inculte, couvert de mousse et de plantes parasites; des ronces embrassent de leurs branches hérissées d'épines une pierre abrupte qui a la forme d'un cercueil. L'œil du voyageur peut y lire encore ces mots : ICI GÎT LA DUÈGNE !

LE SOMMEIL DE L'AME.

Au trouble a succédé la froide indifférence.
Je ne vois plus le mal, je ne sens plus le bien,
Je n'ai plus de regrets, je n'ai plus d'espérance,
Je ne me souviens plus ni de moi ni de rien.
Je marche sans boussole, et sur la mer qui gronde
J'abandonne ma barque aux flots capricieux,
Et dans mon incurie, et constante et profonde,
Je ne demande plus même un avis aux cieux.

Le bruit ne m'émeut plus. Le calme, le silence
Pour moi n'ont plus d'attraits, et mon esprit s'élance
Dans un vide infini qui ressemble au chaos.
Je ne travaille point, je n'ai point de repos;
Je ne sais si je vis ou bien si je sommeille;
Je vais sans savoir où; je reviens sur mes pas,
Poussé par un pouvoir que je ne comprends pas.

Je m'endors sans douleur, sans bonheur je m'éveille!
La nuit succède au jour et le jour à la nuit ;
Une heure en suit une autre, et cette heure est suivie
D'une troisième encor qu'une autre aussitôt suit :
Je les laisse courir sans penser que ma vie,
Inutile et rapide, avec elles s'enfuit.

Ainsi je suis, hélas! au lever de l'aurore;
Au coucher du soleil ainsi je suis encore!
Mon ange protecteur s'est éloigné de moi ;
Il ne m'éclaire plus de sa douce lumière,
Et mon âme demande, en vain, à la prière
La Charité, l'Amour, l'Espérance et la Foi.
Mon cœur ne sent plus rien! Est-ce, mon Dieu, là vivre ?
Épuisé, sans vigueur, je suis comme un homme ivre,
Qui lutte, avec effort, contre un pesant sommeil
Et ne peut, quoi qu'il fasse, atteindre le réveil!

Seigneur, faites cesser ce calme insupportable :
Il me fait du néant redouter les effets.
Oh! j'aime mieux souffrir! Oh! j'aime mieux, coupable,
Implorer mon pardon de vos tendres bienfaits.
Arrachez mes esprits à cette somnolence;
Dans mon sein réchauffez de pieuses douleurs;
Rendez-moi mes remords, rendez-moi mes terreurs,
Mais surtout rendez-moi la sainte confiance
Qui de mes yeux troublés fit couler tant de pleurs.
Je regrette le temps où je courbais la tête,
Où, le cœur torturé par des pensers cruels,
Je venais, en tremblant, aux pieds de vos autels
Vous demander la fin d'une longue tempête,
Car alors JE PRIAIS; — car alors dans mon cœur

Avec le repentir descendait l'espérance,
Et de mes noirs chagrins l'ange de Dieu vainqueur
Me criait : « Dans le Ciel sera ta récompense ! »
Sa voix me promettait le bonheur des élus
Et je sentais mourir mon deuil et ma souffrance.....
Mais la voix s'est éteinte et ne me parle plus !

L'ÉTRANGÈRE MYSTÉRIEUSE.

Jeune et belle, riche et noble, Madame de Menerville avait, en 93, trouvé dans le fond de la Bohême un asile contre les périls dont sa vie était menacée en France.

Cependant, la Révolution avait reculé devant ses propres excès. Les nuages s'étaient dissipés ; la gloire de nos armes avait rendu à la patrie une nouvelle splendeur, et la nation avait repris sa quiétude passée, avec ses fêtes, ses plaisirs et ses habitudes de luxe et de confort. La France, à la voix généreuse d'un homme béni de Dieu, rouvrait son sein à ses enfans égarés ou malheureux. Madame de Menerville n'avait pas été la dernière à revenir dans son pays natal. On peut le quitter, mais on ne l'abandonne jamais.

A son retour à Paris, vieillie par les chagrins, superstitieuse à force de revers, et ne pouvant recueillir que de bien minces débris de son immense fortune, elle dut presque s'estimer heureuse de trouver une demeure gratuite dans les mansardes d'un hôtel qui avait été le sien, et dont l'ancien intendant de sa famille était devenu l'acquéreur, moyennant deux à trois millions d'assignats, qui ne représentaient pas deux à trois mille francs d'argent.

D'un naturel communicatif, Madame de Menerville était devenue craintive et défiante; le malheur avait affaibli son esprit et comprimé les élans de son âme aimante. Disposée à s'effrayer de tout, elle s'était éloignée d'un monde dont elle avait été l'idole, et n'avait pas même cherché quelques amies de sa jeunesse que l'échafaud avait épargnées. Elle vivait dans une solitude complète. Cependant, elle était liée encore avec cette société, qu'elle évitait, par les sentimens de charité dont elle avait toujours été animée.

Occupée exclusivement du soin de son salut et des besoins des pauvres, elle partageait ses jours entre des exercices pieux et des travaux dont le produit était destiné à soulager l'indigence. Oubliant les privations que lui imposait sa condition actuelle, elle avait trouvé le moyen d'être, dans sa gêne, encore bienfaisante.

Depuis deux ans, cette femme respectable vivait tranquille et surtout heureuse du bien que sa main généreuse faisait à quelques familles pauvres, lorsqu'un jour, penchée à la fenêtre de sa mansarde, elle aperçut, de l'autre côté de la rue, en face de l'hôtel où un asile lui avait été offert, un édifice que jusque-là elle n'avait point remarqué; il était d'une construction bizarre dans les détails, et cependant, magnifique dans son ensemble.

Surprise du grandiose imposant de l'architecture fantastique de cette royale demeure, ravie de la beauté féerique des jardins, éblouie de la richesse des meubles qui se laissaient aisément voir à travers les immenses glaces des croisées, Madame de Menerville s'oublia dans une longue contemplation. Elle était, cependant, prête à mettre un terme à son curieux examen, lorsqu'une femme se montra sur le balcon du palais.

Cette femme paraissait avoir été belle et l'était encore; mais son front, livide et chargé de rides précoces, semblait annoncer les angoisses d'une âme inquiète. Elle était d'une pâleur qui ne laissait aucune différence entre sa figure et les voiles de mousseline blanche qui se mêlaient à sa chevelure noire et négligée.

Elle tint ses regards constamment baissés, et Madame de Menerville, sans craindre de paraître impolie ou indiscrète, put la considérer longtemps.

Enfin, la nuit survint; l'étrangère disparut; les volets du somptueux hôtel se fermèrent, et pour la première fois sans doute, Madame de Menerville eut à regretter d'avoir ainsi perdu le temps qu'elle devait au service des pauvres. Elle se promit bien de se tenir en garde contre sa curiosité, que pourtant elle n'osa se reprocher, tant, dans cette circonstance, il s'y mêlait d'intérêt et de pitié. Un attrait secret l'attirait vers cette femme inconnue. Le lendemain donc, malgré sa résolution de la veille, l'étrangère s'étant de nouveau montrée au balcon, Madame de Menerville n'eut plus de regards que pour elle. Plusieurs jours se passèrent de la sorte, et dans cet examen prolongé, incessant, Madame de Menerville, dominée par une invincible compassion, crut que Dieu lui imposait le devoir d'aller au secours d'une personne qui paraissait abîmée dans le deuil, et courbée sous un malheur inexprimable.

Un soir, emportée par ses sympathies, elle quitta sa mansarde, et, malgré sa timidité, malgré sa défiance, elle se dirigea vers l'hôtel qui, depuis quelques semaines, avait si singulièrement intéressé sa pensée. Elle se disposait à heurter à la porte, lorsque, avec étonnement, elle reconnut que cette porte était ouverte. Cette observation ne l'arrêta point; elle franchit le seuil.

Elle entre, traverse d'immenses cours, parvient à un péristyle décoré avec art, monte un vaste escalier de marbre, pénètre dans des appartemens d'une richesse inouie, suit plusieurs pièces formant une sorte de labyrinthe merveilleux, ouvre plusieurs portes et ne rencontre personne. Effrayée de ce silence, de cette solitude, prête à retourner sur ses pas, elle pousse machinalement un bouton de bronze qui se rencontre sous sa main, à l'angle d'un lambris tout éclatant de dorure, et soudain, une porte déguisée s'ouvre et lui laisse voir la personne qu'elle cherchait.

Au bruit que fit en entrant la visiteuse, l'inconnue se retourna; un sentiment de terreur qui se communiqua à Madame de Menerville, se trahit dans l'expression de son regard presque menaçant; toutefois, elle se remit bientôt et reçut les civilités de celle-ci avec une grâce, une courtoisie qui dissipèrent aisément les étranges frayeurs auxquelles Madame de Menerville avait d'abord cédé.

Les visites continuèrent, et l'attachement de Madame de Menerville s'accrut de jour en jour pour la sombre et mélancolique étrangère. Cependant celle-ci, quoique affectueuse dans ses paroles, quoique tendre dans l'expression de sa reconnaissance, n'avait jamais rien dit à sa charitable voisine du malheur qui semblait peser sur elle.

Un soir, pressée par la plus vive compassion, Madame de Menerville osa enfin réclamer une confidence que son amitié méritait. A cette demande, l'inconnue ne répondit qu'avec effort, et ses soupirs étouffés parurent à Madame de Menerville les indices certains de malheurs extraordinaires. Elle n'en devint que plus pressante; mais l'étrangère resta longtemps muette. Se faisant violence enfin, et les deux mains crispées sur sa poitrine : « Vous voulez savoir mon secret, dit-elle d'une voix lente et lugu-
» bre, eh bien ! vous le saurez : VENEZ LA NUIT DE NOEL ! je vous l'appren-
» drai. Oui, venez. » A ces mots, un rire effroyable fit grimacer tous les traits de la sinistre dame, et la questionneuse, commençant à avoir peur de son indiscrétion, ne fut pas moins épouvantée de l'expression du visage de son interlocutrice, que de sentir ses mains pressées comme dans un étaux par deux mains glacées, deux mains de fer.

Interdite, tremblante, Madame de Menerville se retira dans un trouble extrême. Elle touchait à la dernière marche de l'escalier, lorsqu'avec un long gémissement, ces paroles arrivèrent à son oreille : LA NUIT DE NOEL, VENEZ, JE VOUS ATTENDS. Madame de Menerville rentra chez elle éperdue, sans pouvoir dompter sa terreur, sans pouvoir s'expliquer les pensées confuses dont elle était assiégée.

Quinze jours s'étaient écoulés; la mystérieuse personne ne s'était plus montrée à l'extérieur de sa demeure, et la nuit de Noël était venue.

Dégagée de ses terreurs et toujours sous l'empire d'une fervente charité, Madame de Menerville se disposa à se rendre auprès de l'étrangère. Après avoir rempli de pieux devoirs, elle sortit de l'église, et un fiacre la déposa au seuil du fatal hôtel ; la porte en était ouverte comme à l'ordinaire ; comme à l'ordinaire, aucune lumière n'éclairait les cours ni les appartemens. Dans cette prévision, Madame de Menerville s'était munie d'une petite lanterne sourde. Parvenue à la porte de l'appartement qu'occupait l'étrangère, Madame de Menerville, cédant à un trouble involontaire, saisit d'une main tremblante le cordon de la sonnette, qui retentit soudain comme le rire strident d'un damné. La porte s'ouvrit, et l'inconnue, plus livide, plus sombre, les traits altérés plus que jamais, parut. A la vue de la lanterne, dont le faible rayonnement se dirigeait sur elle, elle couvrit précipitamment son visage de ses deux mains ; mais dans ce mouvement, la clarté de la lanterne les illumina, elles semblèrent à Madame de Menerville aussi transparentes que la glace polie. Cette remarque accrut l'effroi de la pieuse consolatrice. L'expression de sa crainte n'échappa point au spectre vivant qui, la saisissant alors avec force, l'entraîna d'un pas rapide, et par une suite d'interminables appartemens dont la décoration avait quelque chose de bizarre et d'horrible, jusqu'au fond d'un oratoire entièrement tendu de drap noir. Une lampe fumeuse, dont la flamme verdâtre répandait çà et là de lugubres clartés, en même temps qu'elle exhalait une odeur fétide, ajoutait à l'inexprimable horreur de ce lieu.

Arrivée dans cette étroite cellule, et tenant toujours fortement embrassée sa mourante victime, l'inconnue, dont les regards fauves devenaient de plus en plus menaçans, tira violemment un rideau chargé des emblêmes de la mort. Il glissa avec d'affreux grincemens sur une tringle de fer. Et poussant un grand cri : . . . .

Madame de Menerville se réveilla.

LE RUISSEAU ET LA JEUNE FILLE.

FABLE.

« Ruisseau, toi qui descends de ces hautes montagnes
Avec un murmure si doux !
Toi qui viens gazouiller d'abord sur ces cailloux
Et qui t'enfuis, soudain, à travers les campagnes,
Combien je porte envie à ton destin heureux !
Que je voudrais, libre comme ton onde,
Me promener au milieu de ce monde
Où tu poursuis ton cours aventureux !
Ruisseau charmant, tu dérobes ta source
Dans le creux de ces rocs qui touchent presque aux cieux,
Et voisin du soleil, de là tu prends ta course
Et tu vas à ton gré visiter divers lieux.....
Tu vois, sur ton chemin, des collines fleuries,
Des forêts, des cités, de merveilleux châteaux,
De fertiles vallons, de riantes prairies,
Se mirant, tout le jour, au cristal de tes eaux.

Tu baises, en passant, des fleurs, des arbrisseaux
Inclinant sur ton sein leurs têtes odorantes
Et trouvant dans tes eaux courantes
La vie et des parfums nouveaux.....
Et moi, je suis toujours à ma place attachée ! !
Où j'étais le matin on me revoit le soir ;
Et le corps fatigué, haletante et penchée,
Je viens péniblement au foyer me rasseoir !
De lourds travaux ma vie est accablée !
Je n'ai pas un seul jour de repos, de bonheur ;
Et quand mon cœur fervent invoque le Seigneur,
J'ai d'un vague désir l'âme toujours troublée.
Pourquoi Dieu, beau ruisseau, ne me permet-il pas
De t'accompagner, de te suivre ?
Pourquoi, dans ma chaumière, arrête-t-il mes pas ?
Je sens que je n'y puis plus vivre ! »
Ainsi parlait jeune fille des champs
Au ruisseau dont sa main recueillait l'eau limpide.

« Pauvre enfant ! lui dit-il, dans ma course rapide,
Je vois bien des malheurs, je vois bien des méchans !
Au pied de ces rochers mes eaux qui sont si pures
Dans de sombres cités se chargent de souillures ;
Et forcé de poursuivre, en tout temps, mon chemin,
Je ne puis, malheureux ! remonter vers ma source,
Et, ni ce soir et ni demain,
Je n'aurai de repos dans mon errante course !
Quelque lâche assassin que la crainte poursuit,
Viendra peut-être cette nuit
De ses mains dans mes eaux laver la rouge tache !
Aux lieux où je ne sais quel saint amour m'attache
Je ne puis demeurer un jour, un seul moment ;

Il faut toujours marcher..... Affreux et long tourment!
De mes désirs le sort, à chaque instant se joue :
Je voudrais reposer sur un lit de cailloux,
Sur des sables dorés..... Et c'est un lit de boue
Que me donne ce sort jaloux;
Et quand je sens mes eaux infectes et flétries,
Aspirant à courir sur les vertes prairies
Je trouve un dernier lit..... C'est le fétide égout. »
— Oh! fit l'enfant avec dégoût.

Rêveuse, elle rentra dans son humble chaumière.
Tout lui parut charmant en ce paisible lieu.
Elle embrassa sa mère et se mit en prière
Pour remercier Dieu.

L'ADROIT COURTISAN.

Le cardinal de Richelieu s'amusait volontiers à des jeux gymnastiques pour se délasser des pénibles labeurs de son pesant et royal ministère. Antoine de Grammont * le surprit un jour que, tout seul, en veste légère, il s'exerçait dans son cabinet à sauter contre un mur. Un courtisan moins bien appris que Grammont eût été sans doute fort embarrassé de se trouver avec un ministre du caractère du cardinal, témoin d'une occupation si contraire au sérieux de sa dignité ; mais Antoine s'en tira en homme d'esprit : « Je parie, dit-il à Richelieu, que je saute aussi bien que Votre » Éminence. » Et là-dessus, mettant habit bas, il se prit à sauter avec le ministre à en perdre haleine. Ce trait d'adresse lui valut toutes les bonnes grâces du souverain qui ne laissait à Louis XIII que le vain titre de roi, et le fit arriver promptement à une haute fortune.

* Mort en 1678.

LE CHASSEUR DE CHAMOIS.

. . . . Ton père,
Hardi chasseur de chamois,
Loin de ce toit solitaire
S'égara plus d'une fois.....
A son départ que d'alarmes !
Un soir, enfin, que de larmes !
Mon Gemmy, mes amours !
M'entends-tu toujours ?
Romance.

Les chamois vivent constamment en société. Ils se défendent avec beaucoup d'intelligence contre les ruses des chasseurs, et quelquefois leur courage, leur désespoir portent le trouble et l'effroi dans le cœur de leur ennemi, ou lui font connaître, enfin, la pitié. On prétend que dans les passages difficiles, ils s'entr'aident de leurs cornes ; mais il n'est guère possible d'observer leurs habitudes; cette étude devient d'autant plus difficile à faire, que la race du chamois commence à devenir, en Suisse, aussi rare que celle du bouquetin. Le læmer-geyer [1] et l'homme lui font sans cesse une guerre impitoyable.

[1] Vautour des agneaux. Cet oiseau, jaune par tout le corps, a des cercles blancs autour du cou. Il a jusqu'à quinze ou seize pieds d'envergure. Sa férocité égale sa force et la grandeur de sa taille. Tyran des airs, il n'a point de rivaux. Le pays qu'il habite en voit rarement deux réunis, ils s'affameraient réciproquement.

L'Helvétien est avide de cette proie. Il n'est point de péril qu'il ne brave pour atteindre le chamois, qui fuit à son approche plus vite que le trait lancé par la main du Parthe ou du Dace. Les torrens, les abîmes, les rochers escarpés, les gorges profondes s'opposent en vain à son passage ; rien ne l'arrête. Dans l'ardeur aveugle dont il est possédé, il ne voit ni les dangers du précipice, ni ceux du glacier, qui peut, à chaque instant, s'ouvrir sous ses pas. Suivant les pistes de l'adversaire qui s'efforce de lui échapper, il gravit avec lui les rocs les plus inaccessibles ; mais que de fois le retour lui est fermé ! Il ne peut plus redescendre des cimes où il s'est fatalement engagé : le précipice béant l'attend ; ou le froid ou la faim, le pressent à la fois sur le lieu même où il croyait rencontrer la victoire ! Il meurt sans que la prière d'une mère ou les larmes d'une épouse appellent sur son front les bénédictions du ciel.

Les pâtres dont les chalets sont placés au pied du Wetterhon ou de la Scheideck, s'occupent en général du soin de leurs troupeaux. Cependant, ils sont instinctivement chasseurs. Bercés par les histoires des temps passés que leurs vieilles mères content, à la veillée, en filant la laine de leurs brebis, ils envient la renommée de ces anciens chasseurs de chamois qui, quand la liberté du pays était menacée, se levaient spontanément, et couraient au-devant des légions ennemies pour défendre leur indépendance ; une mort glorieuse ou la victoire était le prix de leur noble dévoûment.

Ulrich Lieschen était d'une famille où les traditions nationales s'étaient conservées pures et puissantes ; son père, son grand-père, son bisaïeul, tous intrépides chasseurs de chamois, tous vaillans soldats, avaient laissé dans la vallée un renom immortel ; les échos d'alentour portaient à tout moment à Ulrich le souvenir de leurs actions. Mais la mère du jeune pâtre avait, un soir, vainement attendu le retour de son mari ! Il s'était écoulé plusieurs semaines, il n'était pas revenu. Un matin, sur un brancard formé de branches d'arbres, on le lui rapportait sanglant et défiguré. Imprudent ! à la poursuite d'un chamois, il s'était avancé jusqu'au bord de l'abîme. Le chamois l'avait franchi ; l'intrépide chasseur y était resté. Ses amis, qui, à la prière de sa compagne éplorée, s'étaient mis à sa recherche, n'avaient rencontré qu'un cadavre, au fond du précipice où ils étaient descendus, bravant tous les périls pour accomplir leur pieuse mission.

Depuis ce jour, des pensées de deuil n'avaient jamais cessé d'oppresser le cœur de la veuve de Fritz Liesclien. Effrayée des instincts de son fils, elle lui avait fait bien souvent promettre de n'aller pas à la chasse du chamois. En voyant les angoisses, les pleurs de sa mère bien-aimée, Ulrich n'avait osé le lui refuser. Chacun, dans la contrée, s'étonnait de voir le jeune pâtre, que l'on connaissait hardi et brave, ne se réunir jamais à ceux de ses compagnons qui allaient chasser le chamois. Était-ce lâcheté? Nul ne le croyait. C'était sans doute quelque saint engagement pris sur le cercueil de son père à la face du ciel..... Et les amis d'Ulrich respectaient sa réserve sans lui en demander compte.

Par une belle matinée du mois d'août 1840, on remarquait à la porte d'un chalet, dont les colonnettes se cachaient sous des arbustes et des buissons en fleur, un jeune couple assis et se tenant affectueusement la main. La beauté de la jeune fille était suave et pleine de candeur; celle du jeune garçon était mâle et fière. Il y avait dans leurs regards tant d'amour, tant de bonheur, qu'on pouvait les prendre pour des amans. Ils l'étaient en effet; car il n'y avait pas plus d'une semaine qu'un prêtre catholique avait béni leur union.

— Ulrich, disait la jeune femme, tu as promis à ta mère, à son lit de mort, que tu n'irais jamais à la chasse aux chamois; me promets-tu de tenir fidèlement ton engagement?

— Je te le promets.

— Tu cultiveras les champs que nos bons et vieux parens nous ont laissés en héritage?

— Je te le promets.

— Tu n'auras d'autres soins que celui de surveiller attentivement nos troupeaux?

— Je te le promets.

— Tu me seconderas quand il s'agira de recueillir leurs toisons?

— Je te le promets.

— Quand le temps sera venu de préparer les fromages que je fais du lait de nos chèvres et de nos brebis, et qui nous seront si précieux dans la saison d'hiver, tu m'aideras encore?

— Oui, ma bonne Marie, je te le promets.

— Ainsi, tu ne me quitteras jamais le matin sans que je sois sûre de te revoir au déclin du jour?

— Je te le promets.

— Tu ne t'exposeras pas comme a fait ton père, dont la mort a rempli les dernières années de sa pauvre femme d'un deuil si profond?

— Je te le promets.

— Tu te souviendras du sort cruel de ton grand-père, Ulrich, qui, en poursuivant un chamois, tomba dans un torrent et fut emporté par les eaux?

— Je m'en souviendrai, Marie.

— Tu n'oublieras pas non plus la fin déplorable de tes deux cousins, Althorf et Carl qui, s'étant égarés sur les traces d'un de ces maudits animaux, moururent de misère et de froid, au milieu des neiges, où ils s'étaient imprudemment aventurés?

— Non, Marie, non, ma bien-aimée, je n'oublierai rien, je me souviendrai de tout.

— Merci, dit la jeune femme en embrassant son époux; Dieu te protégera, mon Ulrich!

Et s'agenouillant sur la terre, elle tira de son sein la croix d'or bénie que Lieschen lui avait donnée le jour de leur mariage, fit une fervente prière et la baisa dévotement.

Six années s'étaient écoulées pour Ulrich et Marie aussi rapides qu'un jour, tant la plus sainte, la plus touchante harmonie avait constamment régné dans leur ménage. Aucun malheur n'avait assombri leur existence, et Dieu les bénissant leur avait donné, dès la première année de leur union, une aimable enfant, qui, comme sa mère, s'appelait Marie, et dont la naissance avait mis le comble à leur félicité.

Pendant l'hiver de 1847, Marie Lieschen reçut la visite d'une de ses parentes qui habitait la vallée de Gasteren. Celle-ci avait été élevée par la mère de Marie, et les deux jeunes femmes n'avaient jamais cessé de s'écrire fréquemment et de se voir dans toutes les circonstances où leur ménage ne pouvait pas souffrir de leur absence.

Lisbeth Burcard, c'était le nom de la cousine de Marie, fut accueillie avec transport dans l'humble chalet de Lieschen. Cependant, Marie parut frappée de l'élégance inaccoutumée des habits de sa cousine, et remarqua avec une attention toute particulière les anneaux d'or qui brillaient aux doigts de celle-ci, l'immense chaîne d'or qui suspendait à son cou une large croix enrichie de perles, et les épingles tremblotantes, également d'or et de perles qui tenaient, coquettement rattachées sur son front, les nattes épaisses de sa blonde chevelure. Ulrich suivit attentivement l'examen que faisait Marie du luxe de la parure de Lisbeth, et il crut découvrir dans les regards de sa femme un sentiment de tristesse et d'envie même!....

A quelques jours de là, Lisbeth reprit le chemin de Gasteren. Pendant son séjour chez Marie, elle avait souvent parlé de son mari, qui, toujours heureux à la chasse du chamois, devait aux produits de cette chasse une aisance qu'ils n'avaient jamais connue jusque-là. Chaque mot de Lisbeth était resté gravé profondément dans l'esprit d'Ulrich. Toutefois, aucune parole de sa femme n'avait pu lui faire supposer que Marie, toujours modeste, toujours simple dans ses habits, toujours d'égale humeur, conservât le souvenir des joyaux de sa cousine.

Quoi qu'il en soit, il devenait chaque jour plus distrait, plus rêveur, plus sombre. Marie s'aperçut bientôt de ce changement; elle s'en inquiéta. Elle remarqua que Lieschen était moins ardent à ses travaux ordinaires, que son sommeil était agité, qu'il rentrait plus tard et la quittait de meilleure heure. Vingt fois elle fut sur le point d'interroger Ulrich, mais un sentiment de discrète confiance la retint....

Cependant un matin, Ulrich, avant la naissance du jour, sortit sans avoir dit adieu à Marie. Le soir, il ne vint point. Le lendemain, il ne revint point encore!.... Marie le chercha partout où elle espérait le pouvoir trouver; elle alla le demander à tous ceux qui le connaissaient! Pauvre femme! le cœur navré, épuisée de fatigue et de douleur, elle rentra dans sa triste demeure, où l'attendaient les pleurs et les cris de son enfant, qui lui demandait son père!

Le troisième jour, une lettre d'Ulrich arriva. « Ne t'inquiète pas, Marie, écrivait-il à sa femme, je serai dans huit jours auprès de toi, et je te rapporterai un bel anneau d'or. » Qu'ai-je besoin de son bel anneau d'or? dit Marie en comprimant les sanglots qui l'étouffaient. — Ton père sera dans huit jours ici, ajouta-t-elle en s'adressant à son enfant; d'ici là nous ne cesserons de prier pour lui. — Oh! oui, maman, reprit la charmante petite fille, et le bon Dieu nous écoutera, car toutes les deux nous aimons bien Dieu, toutes les deux nous aimons bien mon père.

Le huitième jour s'était écoulé et il n'avait pas vu le retour d'Ulrich. La désolée Marie, livrée au désespoir, avait passé la nuit dans des angoisses mortelles; elle ne pouvait plus pleurer et pressait son enfant sur son cœur avec tous les signes d'une affliction insensée.

Cependant, un bruit lointain de pas se fait entendre, le bruit approche... Marie saisit la main de son enfant et se précipite au seuil de son chalet. Un homme accourt vers elle.... Cet homme s'avance; il lui présente deux anneaux d'or. Elle veut se jeter à son cou; mais épuisée par l'émotion, elle tombe à ses pieds.... Il la relève, l'embrasse avec transport, l'appelle des noms les plus doux, les plus chers!..... Elle s'éveille à la fin, mais elle ne reconnaît ni le malheureux Ulrich, ni sa fille chérie!...

Marie était folle!....

LES ÉCOLIERS A L'ŒIL-DE-BŒUF.

Trois jeunes gens de Saint-Germain, qui venaient de terminer leurs études dans un collége de Paris, ne connaissant personne à la cour, et ayant ouï dire que les étrangers y étaient toujours bien reçus, s'avisèrent de s'affubler d'un costume arménien qu'ils louèrent pour quelques pistoles chez un costumier de Versailles. De la sorte affublés, ils se présentèrent au château pour voir le grand cérémonial de la réception des chevaliers de l'ordre du Saint-Esprit. Leur déguisement eut tout le succès qu'ils en avaient espéré.

Lorsque la procession défila dans la longue galerie des glaces, les suisses des appartemens les mirent sur le premier rang et recommandèrent à tout le monde d'avoir beaucoup d'égards pour ces étrangers; mais nos trois étourdis, trop confians dans leur stratagème, eurent l'imprudence de s'aventurer jusque dans l'Œil-de-Bœuf. Là, se trouvaient des interprètes des langues orientales et le premier commis des consulats, chargé de veiller à tout ce qui concernait les orientaux qui étaient en France. Aussitôt, les trois écoliers sont environnés et questionnés par ces messieurs; d'abord en grec moderne. Sans se déconcerter, ils font signe qu'ils n'entendent pas; on leur parle turc, arabe; enfin, un des interprètes impatienté leur dit : « Messieurs, vous devriez entendre une des langues qui vous ont été parlées; de quel pays êtes-vous donc? — De Saint-Germain-en-Laye, Monsieur, répondit le plus naïf, voilà la première fois que vous nous le demandez en français. » Il avoua alors, avec ses camarades, le motif de leur travestissement; le plus âgé d'entr'eux n'avait pas dix-huit ans. Le roi Louis XV, à qui l'on rendit compte de l'aventure, en rit beaucoup, et ils en furent quittes pour quelques heures de geôle et une bonne semonce.

LE MYOSOTIS,

CHRONIQUE

DES BORDS DU RHIN.

Les flancs armés de tours massives,
Le front couronné de beffrois,
Étalant ses hautes ogives
Où les fleurs se mêlent aux croix,
De MAYENCE l'électorale
L'antique et fière cathédrale,
Œuvre gigantesque de l'art,
Est comme un livre des vieux âges .
Dont, avec respect, le regard
Interroge les sombres pages.

Là, sous de gothiques arceaux
Qu'éclaire une pâle lumière,
Dorment, sur leur couche de pierre,
Prêtres mitrés, princes, héros.

LE MYOSOTIS.

Parmi ces grandes sépultures,
Derniers lits de puissans seigneurs,
On en montre une aux voyageurs
Simple et belle en ses formes pures;
Hommage d'un deuil éternel,
Celle-là couvre un MÉNESTREL.

Ce n'est point souvenir de gloire
Qui protège le troubadour;
C'est celui qu'a gardé l'histoire
De son trépas, de son amour.

I

Il aimait la jeune MARIE,
L'aimait comme on aime à vingt ans:
Elle, que pour lui l'Amour prie,
L'aimait, malgré ses vieux parens.
Ceux-là, vains du sang de leur race,
Voulaient, pour leur noble maison,
Gendre riche et portant blason
D'or, incrusté sur sa cuirasse.....
Et le Fraenlob [1], pauvre orphelin,
Ne sortait point d'antique souche;
Mais de son luth et de sa bouche
Venait un chant tendre et divin.
Au cœur de l'innocente fille
Ce chant pur avait pénétré,
Et le ménestrel, sans famille,
De MARIE était adoré.....

[1] Amour des dames, poète qui les chante.

Mais qu'importe au père inflexible
L'amour des deux pauvres amans !
Que lui font leurs chastes sermens !
A leurs pleurs il est insensible.
Pour MARIE il veut un époux
Sorti de maisons souveraines,
Et pouvant mettre à ses genoux
Titres pompeux, fiefs et domaines
« Eh bien ! soit, dit le ménestrel
» Au père orgueilleux et cruel ;
» Il vous faut un illustre gendre ? —
» Vous l'aurez ! — J'ai pour moi l'amour,
» L'amour qui fait tout entreprendre !
» Je serai riche et noble un jour.....
» Adieu donc. — Et jusqu'au retour,
» Fit-il, ô chère damoiselle !
» Priez Dieu pour le Troubadour
» Qui vous promet un cœur fidèle. »
Il dit, part, et son luth en main,
De la France il prend le chemin.

II

Tantôt l'ermite, sous son chaume,
Le reçoit au déclin du jour;
Tantôt quelque grand du royaume
L'engage à venir à sa cour.
Partout noblement on l'accueille;
Partout noblement il recueille
De ses chants le glorieux prix.
Rois, châtelains, émus, surpris,
Se disputent l'honneur insigne

De le payer de ses accords,
Dont nul tribut n'est assez digne.
L'un, ouvre pour lui ses trésors;
L'autre, seigneur, suzerain, prince,
Le nomme grand de sa province;
Enfin, en retour de ses vers,
Il obtient or, titres divers.....
On prétend que plus d'une belle
Lui fit offre de biens plus doux;
Mais que, chaste autant que fidèle,
On le vit les refuser tous.

Donc, après une longue absence,
L'heureux Fraenlob, la joie au cœur,
Bercé d'une chère espérance,
Reprit la route de Mayence
Où l'attendait un saint bonheur.....
Comme il sentit son âme émue
Quand les vieux murs, les vieilles tours
Témoins de ses jeunes amours,
De loin s'offrirent à sa vue.
C'était là, dans un haut manoir,
Au front sévère autant que noir;
C'était là que vivait Marie,
Vierge si belle, si chérie,
Et qu'il allait, enfin, revoir!

III

Plume faible autant que la nôtre,
N'a point de traits assez charmans
Pour peindre l'heur des deux amans

Se retrouvant l'un près de l'autre.....
Oh! combien de nouveaux sermens
Après des jours remplis d'alarmes!
Que de naïfs épanchemens
Échangés avec douces larmes!

Cependant, le vieux châtelain,
Touché de l'amour du trouvère,
Et voyant qu'il avait su faire
Si vite et si bien son chemin,
Cessa de se montrer sévère,
Et de Marie, heureuse et chère,
Promit de lui donner la main.....

Bientôt des nœuds de l'hyménée
Lui-même a fixé la journée :
Le lendemain, à son réveil,
Quand au firmament le soleil
Viendra montrer sa blonde tête,
On en célèbrera la fête.

La veille de ce jour si doux,
Aux bords du Rhin, MARIE assise,
Rêve d'amour, d'amour devise
Avec le jeune et bel époux
Que demain lui donne l'Église.....
Oh! comme la vie à ses yeux
De félicité se colore!
De quel avenir radieux
Le lendemain sera l'aurore!
Mais voulant de cet heureux jour
Garder la mémoire éternelle,

« Cher Fraenlob, » doucement fit-elle,
En s'adressant au troubadour
Avec des yeux voilés d'amour :
« Vois-tu là-bas, près du rivage,
» La fleur aux pétales d'azur?
» De notre bonheur calme et pur
» N'est-ce pas la touchante image?
» Vas la cueillir, donne-la moi
» Comme un saint gage de ta foi. »

Elle a dit, et son amant vole
Détacher la fragile fleur
Dont la délicate corole
Du ciel emprunte la couleur;
Mais, en ce lieu, le sol humide
Échappe soudain sous ses pas ;
Il tombe et le fleuve rapide
L'enlace aussitôt dans ses bras !.....
MARIE accourt, pâle, éperdue,
Appelle son amant trois fois,
Et bientôt, mourante et sans voix,
Reste sur la rive étendue.....
Mais faisant un suprême effort,
Fraenlob, luttant contre la mort,
Reparaît..... La fleur azurée
Bouquet de deuil, bouquet fatal,
Dernier don d'un amour loyal,
Arrive à la vierge éplorée.

IV

L'église, pour l'hymen parée,

Le lendemain, quitta les fleurs
Qui formaient sa fraîche livrée,
Et de la mort prit les couleurs.
Ce jour-là, gentes damoiselles
Se pressaient autour de l'autel
Où l'on avait du ménestrel
Placé les dépouilles mortelles.
Jamais ne se vit deuil si vrai;
Non jamais aux prières saintes
Ne s'uniront si tristes plaintes
Chants d'un cœur aimant et navré.

Mais, de leur âme désolée
Voulant consacrer les regrets,
Les dames firent, à leurs frais,
Eriger l'humble mausolée
Que, dans la maison du Seigneur,
Le peuple montre au voyageur.
Toutes les nobles châtelaines,
En témoignage de leur deuil,
Déposèrent sur le cercueil
Bracelets d'or, carcans et chaînes;
Et l'église entière, en retour
De si beaux présens, fit promesse
Que tous les ans à pareil jour.
Prêtres mitrés diraient la messe
Pour le repos du troubadour.

Sur le modeste sarcophage,
Un artiste, inspiré des cieux,
A tracé d'un si noble hommage
Le souvenir tendre et pieux.

LE MYOSOTIS.

Marie, aux murs d'un monastère,
Alla confier sa douleur.
Ange battu par le malheur,
Et d'une larme bien amère,
Chaque jour arrosant la fleur,
Jeune elle abandonna la terre.....
Dieu la reçut..... et dans le ciel,
Il la rendit au ménestrel.

Depuis ce temps, gage fidèle
De constant amour et de foi;
Gage de douleur éternelle,
La fleur bleue en tout lieu s'appelle :
SOUVIENS-TOI
DE MOI !

www.ingramcontent.com/pod-product-compliance
Ingram Content Group UK Ltd.
Pitfield, Milton Keynes, MK11 3LW, UK
UKHW020409180726
13839UKWH00003B/1282